JN291755

N e u e B ü h n e 30

ドイツ現代戯曲選 ④
N e u e B ü h n e

Electronic City

unsere Art zu leben

Falk Richter

Ronsosha

エレクトロニック・シティ

おれたちの生き方

ファルク・リヒター

内藤洋子［訳］

ドイツ現代戯曲選 30 Neue Bühne 4

論創社

編集委員◉池田信雄／谷川道子／寺尾格／初見基／平田栄一朗

Electronic City
by Falk Richter

©Falk Richter. By permission of S. Ficsher Verlag GmbH, Frankfurt am Main.
Performance rights reserved by S. Ficsher Verlag GmbH, Frankfurt am Main.

This translation was sponsored by Goethe-Institut.

GOETHE-INSTITUT

「ドイツ現代戯曲選 30」の刊行はゲーテ・インスティトゥートの助成を受けています。

Photo on board: (photo ©AGE Fotostock/pps)

Krieg. Lustspiel ¶ Igor Bauersima norway.today ¶ Fritz Kater zeit zu lieben zeit zu sterben ¶ Elfriede Jelinek Macht nichts ¶ Peter Handke Die Stunde, da wir nichts voneinander wußten ¶ Eina
kke Die Alphabeten ¶ Franz Xaver Kroetz Der Drang ¶ John von Düffel Balkonszenen ¶ Heiner Müller Der Auftrag ¶ Herbert Achternbusch Der Stiefel und sein Socken ¶ Volker Braun Iphig
idberg-Variationen ¶ Dea Loher Tätowierung ¶ Thomas Bernhard Heldenplatz ¶ Elfriede Jelinek Raststätte oder Sie machens alle ¶ Rainer Werner Fassbinder Der Müll, die Stadt und der To

目次

larius von Mayenburg Feuergesicht ¶ Rainer Werner Fassbinder Bremer Freiheit ¶ Peter Turrini Rozznjogd/Rattenjagd ¶ Falk Richter Electronic City ¶ Tankred Dorst Ich, Feuerbach ¶ Thomas
chleef Nietzsche Trilogie ¶ Kathrin Röggla wir schlafen nicht ¶ Rainald Goetz Jeff Koons ¶ Botho Strauß Der Park ¶ Thomas Bernhard Der Theatermacher ¶ René Pollesch Stadt als Beute ¶
nie in Freiheit ¶ Roland Schimmelpfennig Vorher/Nachher ¶ Botho Strauß Schlußchor ¶ Werner Schwab Der reizende Reigen nach dem Reigen des reizenden Herrn Arthur Schnitzler ¶ Geor

Electronic City

unsere Art zu leben

エレクトロニック・シティ

おれたちの生き方

登場人物

トム
ジョイ

五人から十五人ぐらいのチーム

――トムは建物に入る、ここに住んでまだ二週間ぐらい
――知り合いはいない
――どこまでも続く廊下
――各階に二十五部屋ずつ
――この都市《まち》は？
――ロサンゼルス
――ニューヨーク
――ベルリン
――シアトル、東京、ニューメキシコ
――彼にもはっきりしない
――廊下をうろうろする
――手にした鍵に目をやる
――壁紙を見る
――変に地味なつくりだ
――ここには場所の見当をつけられそうな目立つものは何もない、それに

――そうなんだ、彼は自分でもわからない、ヨーロッパ、北アメリカ、それとも南アメリカ

――ひょっとしてブリスベーンかクインズランドのショッピングゾーンの向かいにある住宅群かもしれない

――メルボルンとかシドニーの

――香港、タイペイ、シンガポールのどこかかも

――この瞬間、彼は途方に暮れる

――知り合いはいない、思い出せるものもない。おれはここに一度来たことがあったか？　この階でいいのか、廊下はこっちか、エレベーターの右それとも左？　それより、**ほんとにこの建物でいいのか？**

――しょっちゅう居場所が変わっていると、しまいには完全に方向感覚を失う。ジョイはどこだ？　ジョイはどこにいる？　おれはほんとにここに二週間もいるのか、それとも、それとも……わからない。二時間かもしれない。ここに着いたのはいったいいつだったろう？　そもそもどうやって？　どの飛行機で？　あるいはここまで歩いてきた？　いや、そんなはずはない、違う、いや待てよ、おれは……頭の中がシーンとして、おれは、おれは……ここでは何も思い出せない、何も。この地味な灰色、それに

この壁紙、窓からの眺め、どれもどこにでもありそうだ。

――「せめて携帯が手元にあったなら――おれのパーム（情報端末）、おれのオーガナイザー、ノートパソコンが。せめてコンパスでもあれば。

――あるいはディスクマンでもあれば、誰かがここを通りかかるまで、何か音楽でも聞けるのに」

――彼のメモ帳には書き留めてある、何という都市のどの階に部屋を借りたのかを

――彼にはそのメモが必要だ、クソッ、おれの乗る便、どうすりゃいいんだ？　乗り継ぎにはあのチクショウめ、あのメモが要る、でなきゃ、さしあたりどうってことないが、えーと、7-1-7-2-4？　7-1-7-2-5だっけ？　この忌々しいコード番号、せめてどの都市にいるかさえわかれば、そしたら、そしたら……。さて、どうしたわけだ、おれの脳が突然パワー不足だ、数字が全部消えちまった、何もかもパーだ。ジョイ？　ジョイはどこにいる？　確かそんな名前だった、おれの女、女友達か、そんな名だった？　そもそもおれたちはどんな種類のつきあいだ？　もう決めてあったっけ？

トム　恐怖、強迫、大都市、銀行、証券取引所、金の流れは川のごとしだ。テストステロン（男性ホルモン）が流れ、あふれ出る、ビル群、ワンルームマンションが二千戸、これがすべて同じチェーンでつながっている、世界のどこでもマンションの外面《そとづら》は同じだ。いつも到着ばかりで、離れた気がしない。旅行をしても、全然動いた気がしない。おれの頭の中は繰り返し言う、おまえは以前ここに来たことがあると。ここは初めてだとわかっていても、それがピンと来ない。部屋はいつも同じに見えるし、部屋が言うんだ、「ウェルカム・ホーム」って。入口によくある手織りのマットにもそう書いてある、「ウェルカム・ホーム」と。こうしたワンルームマンションを世界中に建てている会社の名前も「ウェルカム・ホーム」だ。**だがこれはおれの家じゃない、クソッ、住んではいるが、ここはおれの家じゃない。**

短く息をつく。

トム　じゃあおれの家はどこなんだ？　どこにあると言うんだ？

――だがそもそもおれたちはどんな種類の人間だ？　もう決めてあったっけ？
――向精神薬依存のマネージャーたちだ、世界の反対側のどこか高層ビルの中のベッドか、寝所《ねぐら》か、半日用の宿で、服を脱ぎ、ちょっとの間休憩してから、数時間後にはまたジェット機に乗って、合併やら投資やら投機やらに向かう
――そしてどこに着いても、同じ眺め
――どこに着いても、出くわすのは同じ人間たち
――どこに着いても、ぐったりしてホテルの部屋に倒れこむ
――そのホテルの部屋はどこもそっくり同じデザインで区別がつかない
――だからどこに着いても、少しも移動していないような気がする
――どこに着いてもそこが故郷で、夜仕事を終えると、いつも同じ場所に戻っていくような気がする。

トム　こんな気分だ、おれはどこかのロビーか待合室かビジネスラウンジで、いつもノートパソコンを膝に置いて座っている、周りにいる人間は皆よく知っていて、皆おれの友達みたいだ、一度も会ったことがないし、言葉を交わしたこともないのに。おれの携

帯が鳴る、と、隣の男の携帯が鳴る、そのまた隣の男の携帯も鳴る、おれたちは一斉に自分の携帯で今着いたことを話す、預けたトランクを待っていること、飛行機の到着が四分半遅れたので、ちょうど四分半の遅れが出ていることも、だからたのむよ、ミーティングの開始は四分半遅らせてくれ、大丈夫か？　すまない！　それでいけると思うよ、あと四分半皆さんに待ってもらえるだろうか、それともすぐ行かなきゃだめだって？　みんなもう行ってしまったって？　次の約束がある？　もしもし、そちらは誰？　もしもし、接続がおかしいぞ、何だ？　おい、もしもし！　クソッ！

——飛行場のビジネスラウンジはどこも同じで、仕事の後に同僚と一杯飲んで一日を終わらせるのにうってつけの、広々した待合室か図書室にでも座ってる気がしてくる。

みんな一斉に、だがコーラスのように声はそろえずに

——**だがおれたちはいったい何を待っているんだ、クソッ、何を待っているんだ**

——乗り継ぎ便を

――申し送りの数字を

――何を売り買いし、保管し、突っ返すべきかを、誰かが伝えてくる

――おれの充電器、チクショウ、どこだ、充電器は！

――この飛行機はもう少し速く飛べんのか、先を急がないと、この取引をシアトルで、あれ、ローマだっけ？　もうわからん、またもすべてを逃した、たのむ、もっと速く、いいね、おい、速くだぞ、チクショウ、速くしろ、さもないとまたオジャンだ、そしたらおれはオサラバするぞ、オサラバ、何から？　この問いには答えないとしよう、スピードにブレーキをかけるだけだから、おれにはスピードが要るんだ、さもないと墜落だ、この忌々しい安全措置など何の役にもたたん、クソ食らえだ、墜落するものは墜落する、それでオシマイ。おまえらはみんな救命胴衣でも身に着けるがいいさ、おれたちはこの森に墜落する、だがおれはそうはしない、おれは、チェッ、まただめだ、速くしろ！

――つなぐ、接続する、維持する

――フレキシブルな労働力をさらに弾力化する、再構築する、リストラする、再教育する、強化する、縮小する、再測定する

全員　再保証する、再転換する、再改革する、再確認する

――　ダウンサイズする、ダウンロードする

――　アウトソーシングする、外注する

――　鎮静剤で落ち込んで

――　興奮剤で勃起して

全員　とてもとてもフレキシブル

――　7－14－**25** それとも7－14－**26** か、彼はもう思い出せない、最近どこを飛び回ったかも、そこでそもそも何をしたかもまったく

――　数字が比較され、精確なデータをもとに相場の動きが評価される、すると彼はまた何かに思い当たる。

トムとさっきの話し手が同時に。トムはささやくほどの声で叫ぶ――

トム／――　まずあのムカック部屋を見つけないと、あのメモ、あのデータ、あの番号が要るんだ、

でないと、明日は何もかもオジャンだ、おれのせいで。7－14－27－**10** もうわからん、ブラックアウトだ、からっきしゼロ、ロード・ミスだ、おれの頭はもう命令を読み取れない、何もかもぼやけていっしょくたに見える、助けてくれ！　助けて！　チクショウ、もういっぺん言うぞ、**誰かいませんか**!?　**9** 7－14－27

――クローズアップ。トムは建物の中を歩き回る、どこへ行けばいいのか、わからない、方向感覚を失う、何も決められない、よろけ、こわばり、立ち止まる、座ろうとする

――でも椅子がない、壁にもたれようとする

――でもズリ落ちてばかり、壁がすべる

――突然エレベーターが消えた、彼はもう出られない

――**カット!**

――人々はホテルで横になっている、そこは短期クリニックでもあり、同時に、バカンス用の住まいだ

トム　ここはホテルか、それとも短期クリニック？　これは廊下なのか、刑務所の重警備棟

か、それとも今いるのは集中治療室？　おれはここで休暇を過ごしているのか？　どうせここには暇つぶし用のものがいろいろあるさ。フィットネス・ルームはいったいどこだ？

——トムはフィットネス・ルームのランニングマシーンの上でひたすら走る

——彼と並んでいる二十人の男たちも、彼にそっくり

——たるんだ肩、薄っぺらな胸、せり出した腹

——まさに典型的な銀行マン

——でも無理している

——そう、無理して疲れた身体で、ベストを尽くそうとしてる

——追い立てられ、汗だくで、孤独に、愛されることもなく、セックスレスで。

トム　もう何週間も、ホテルのポルノ番組ばかり。どこに行っても同じものだ。ときたま急にアジア女が増えたりするので、ここはオーストラリアだと気づく。東京だな、とわかるのは、ハードコアのシーンとか、アナルセックスや道具が多く、嘘っぽいレスビ

アンも増えるから。テキサスはいつもどこかシマラナイ、だから自分のＤＶＤを持ちこんで、パソコンに組み込まないと。そうでもしないと出張旅行のわずかな楽しみも全部パーになる。

――ポルノのうめき声
――女のすごいオルガスムスのフェイク
――何もない部屋に女が一人、暗闇、ろうそくの明かり
――エナメルのスカートに、仮面をつけている
――誰かがヘビーなものを女の陰部に押し込む
――ろうそくの蠟を女のうえにたらす
――女は黒いゴムのペニスにまたがる
――スーツ姿の一群の男たちが女を取り囲んで、オナニーをする
――このとき、ホテルチェーン「ウェルカム・ホーム」では、七百人のビジネスマンたちが一斉にうめき声をあげる
――ベッドに横になり、ノートパソコンを傍らに、オナニーをする

――「ウェルカム・ホーム」のマーク入りのベッドカバーの中に

――重い吐息

――そのあと彼らは「ウェルカム・ホーム」の浴室に駆け込む、当ホテルの複製画シリーズ「アルファ2000」の横を通って。これは「ウェルカム・ホーム株式会社」と契約しているベルギーの画家の、モネ風の印象派複製画だ。そして、「ウェルカム・ホーム　清潔はあなたに微笑《ほほえ》みを」と刷り込まれたティッシュペーパーで、「ゼバでサッとひと拭き」みたいに、精液をぬぐう

――七百人のビジネスマンたちが、ぐったりとベッドに倒れこむ

――重い吐息

――それからEメールを開いて仕事を続ける

――時間は無駄にできない

――ちょっとの間、来て、また次へ。

トム　ここはホテルか、ポルノ映画館か、それともおれのフィットネス・クラブか。おれはチェックインする、エレクトロニック・シティに、コード番号の入力、この番号を

ぜったいに忘れてはいけない、忘れたらおしまいだ、ここにはもう何年も住んでいる、違うか？　昨夜、誰かが運び出され、二時間後には新しいやつが入居してきた、瓜二つだった、交代完了、あっさり交代完了、誰も気づかない。

——休息する、倒れこむ

——錠剤を飲む、テレビを見る

——少し休む、じっと待つ

——待つ、だが何を、何をだ？

——翌朝また次へ向かうのを、

——だがどこへ？

——わからない、メモには書いてある、おれのパームが携帯に転送し、伝言サービスで毎朝ベッド脇でおれはそれを見る。その間に、戸棚のアイロン台の横でコーヒー用のお湯が沸き、そのコーヒーを飛び立つ前にすばやく流し込む。

——人々は廊下に立ちつくし、自分のコード番号を思い出そうとする。鏡を見つめるが、そこに何を見ているのか、わからない……

トム　浴室の鏡に映っているこの男？　これがおれか？　この前こんな顔に見えたのはいつだったか思い出せない。

——……隣の人たちだって、どこをとっても互いに区別がつかないから

——彼らは自分の歴史も覚えていないから

——そもそも歴史を持っていないから

——いつも同じ出来事の連続だから

トム　もう何年にもなるのか？　いつだったか、もう思い出せない、そもそもこんなことはいつ始まったんだ？

——トムは数え始める

トム　16

15

14

13

12

11

―彼は低い声で、突然思い出した歌をうたう

―弱々しい声

―ほとんど聞こえない

―用心深いささやきのように

―自分を落ち着かせねばならないときにだけ歌う男の声だ

―やつは歌える声を持っていることも知らない

―歌うのは、突然不安になり、もうわからなくなったときだけ

―まったく見通せなくなった状況からどう抜け出すのか、わからないときにだけ

トム　（歌う）"Let's just close our eyes, I just forget myself ...what I want is a real thing!★1（目を閉じてみようよ、おれは自分を忘れる……おれが欲しいのは、本当のこと！）"

―海のざわめく音が聞こえ、それから、どこまでも続く廊下で静かに鳴るブーンという音に変わる。

トム　いったいどうしてここでは誰もしゃべらないんだ？　このぞっとする静けさは何だ？
ハロー、誰か聞こえてますか⁉

――彼は叫ぶ

二つの声が重なる、トムの声とさっきの声とが――

――「ハロー、誰も聞こえてないのか‼　ハロー、**誰かいますか⁉**」

――だが、彼の顔だけ、

――探しまわって、

――混乱して、

――ここからもう抜け出せないとわかる寸前の顔。

トム

17 21 12 ?
17 22 14 ?
19 25 3 ?

——彼は叫ぶ

ひとつの叫び声、そして急に途切れる。

——ひそかに、彼の中で、彼でない何かが叫ぶ。
——彼は決してみずから声を出そうとはしないだろう。
——彼は狂ってると思われるかもしれない
——あるいは警察を呼ばれるかもしれない
——トム、叫んでみろ

トム　いや、できない

——　やってみるんだ

トム　いや、できない、無理だ

——　彼はこらえる、じっとしている、彼の中で彼の知らない声が叫ぶ。

——　彼はパニック状態でエレベーターの脇に立ち、偶然誰かが通りかかるのを待つ。彼の脳はありそうなコード番号を計算する、うまくいかない。エレベーターの扉にもたれる、動悸がする、落ち着け、落ち着け、ここではホテルがクリニックだ、だが、彼は薬を持ち合せていない、鎮静剤のヤツ、どこに行った？

トム　17 28 19 3 404 4 0 5 1 7 17 22 32 鎮静剤のヤツ、どこに行った？　おれは今どこにいる、どうやってここから出ればいい⁉

――彼はポケットを引っかき回し、女の写真を見つける。

――ショッピングセンターにいる女だ、飛行場の中だが、どこ、どこだ？　これはどこだろう？

――手がかりは？　手がかりは？

――女はレジに立っているのか？

――東京、ニューヨーク？

――ロンドン、ベルリン、タイペイ、メルボルン、マドリード？

――彼女の後ろの棚にある商品は、彼女の居場所を明らかにしてはくれない。

――女が一人。

――言ってみれば、

――ごく普通の、平凡な女
――黒髪、平凡な顔、

――少し追い立てられて、少し悲しげで、そう、少し悲しげで疲れている、孤独で、これといった特徴はない
――この女は誰？

――この女はどこにいる？

今度はトムと同時に

トム／――17　16　15　14　13　12　11

再びトムを除いて

――彼は突然思い出したユーリズミックス[★2]の歌をうたう、彼女と一緒に見た映画にあった歌、その映画はあるカップルの話だった、（歌わずに）"I want to walk in the open wind, I want to talk like lovers do, want to dive into your ocean if it's raining with you（おれは自由な風の中を歩きたい、恋人たちみたいに話したい、もしきみの心に雨が降っているなら、きみの海に飛び込みたい）[★3]"

トム　（同時に、非常に低い声で弱々しく、語りから歌へと移行）"…I want to walk in the open wind, I want to talk like lovers do, want to dive into your ocean if it's raining with you. So, baby, talk to me like lovers do, walk with me like lovers do, talk to me like lovers do...（おれは自由な風の中を歩きたい、恋人たちみたいに話したい、もしきみの心に雨が降っているなら、きみの海に飛び込みたい、そうさ、ベイビー、恋人たちのようにおれに話してくれ、恋人たちみたいに一緒に歩いてくれ、恋人たちのようにおれに話してくれ……）〟するとバイオリンの、シンセサイザーのパソコンで操作された、美しく、穏やかで、心地よいバイオリンの音色が、おれの頭の中に響く。

——10　9　8　7　6　5　4　3　2　1

トム〝I want to walk in the open wind, I want to talk like lovers do, want to dive into your ocean if it's raining with you（おれは自由な風の中を歩きたい、恋人たちみたいに話したい、もしきみの心に雨が降っているなら、きみの海に飛び込みたい）〟数字だ、数字、数字、次へ、早く、早く次へ、逃がさず、電話し、売却し、持ちこたえる、先へ、トランクをすばやくベルトコンベアから引き上げる。

――エレベーターがものすごい勢いで通過する

――物音ひとつない、何ひとつ。

トム　ここではどんな音もかき消されて、みな自分が生きてることにすら気づいていない、何も感じない、何も聞こえない、だがおれの脳の中で、何かが爆発する、飛行機の墜落みたいに、おれは墜ちる、墜ちる、緊急警報、気をつけろ、もうだめだ、おれは故障だ、もう何もわからない、空港ターミナルからのシグナルはもうキャッチできない、誰もおれを助けない、誰もおれを着陸滑走路に誘導しない、どこへ向かう？　どこへ？　シグナルはない、おれにはまるっきり理解不能だ、そもそもここの何もかもが、どう動いているんだ？　さしあたり今はおれのスイッチを切り、再スタートを試みる。タワーですか？　メーデー[★4]、ハロー？　7　11　14　12　70　3　24　12　誰か聞こえますか、おれの脳は計算する、計算する、あらゆるコード番号をためす、衝突までにはまだ十秒ある、9　8　7　6　5　4　3　2　1　ゼロ　ゼロ　ゼロ恐ろしく大きな激突音、ドカーン。

大声で

――**カット**!!

静寂、そして

――オーケー、まずまずの出来だ、だが最後の場面をもう一度やろう、トム

返事がない。

――トム!

返事がない。

―― トム!!

トム だめだ、もう一度なんて、

―― もう一度やってくれ

トム だめだ、できない、たのむ、無理だ

―― トム、立て、墜落場面をもう一度やろう、衝突のタイミングが合わなかった、17のC、二つ目から。ドカーン、血まみれ、はいどうぞ。

恐ろしく大きな激突音、ドカーン。

―― トムは滑走路の傍に倒れている

――雪

――吹雪

――おれはもう動かない

――あらゆることがおれの傍を駆け抜ける

――すべてが停止する瞬間だ

――何もかもが墜落する、おれたちは滑走路の傍に倒れている、心地よい、静寂

――この映画の美しいひとコマだ。数千人ものビジネスマンたちが血を流して、凍結した滑走路の傍に倒れている。かすかな息、美しい瞬間

――とてもとても美しい瞬間だ

――そうだ、おれは長いこと、これを手がけてきたんだ

――二機の飛行機を、あなたはこの撮影のためにすっかりダメにした。

――この墜落にフェイクはきかない、本当にやらなきゃだめだ、とても高くついた、だがおれはこのアイデアを思いついて、実行しないわけにはいかなかった、タワーに突っ込む飛行機、路面には血を流すビジネスマンたち、もう長い間これを夢見てきたんだ、

現実にしなければならなかった。

トム　おれたち皆が倒れているざまったらない。もう誰も動かない、皆が墜落した飛行機の残骸を見ている、すべての電光掲示板が表示するキャンセル、あるいは十二時間のディレイ

――あなたにとって問題だったのは

――そう、はっきり言って、商取引です。つまり今日の世界貿易における商品、流通ルート、価値、新たな地平、人生目的としての消費、ビジネス構成です。フレキシビリティが行動規範に命じられ、新手の記憶喪失、歴史喪失、独特のヒステリックな生活形態の無理解が生じています。そして参加と適応への強制は、その際、自己表現の自由だと解釈しなおされます。また、世界政治の演出について言えば、イメージ生産、市場動向、戦争、諸々の制御不能なプロセスが合わさって、ある制御不能なシステムを形成しています。そしてそのシステムの機能の仕方はもう誰にも跡付けできないものの、結局もう映像や物語によっては表現不可能なものです。なぜなら、それはイメー

ジそのもので、ナレーション不在だから。私の言っていること、おわかりですか。
——ええ、わかりますとも、すべてわかりますよ。
——カット！　汗だくの若い女のシーンに切り換えだ。黒髪、目立たず、これといって特徴はない。
——彼女の仕事初日は、空港ラウンジでの半日労働だ、場所は
——えーと……
——ロンドン、シアトル
——ローマ
——シドニー、マドリード
——ニューヨーク
——ハンブルク、ベルリン、東京
——ニューメキシコ、アトランタ
——ローマ
——もうローマは挙げた
——この支店で働く彼女の最初の日

——彼女の顔には不安が

——つのる不安

——彼女は「交代要員」、いわば「スタンバイ要員」だ

——二十二時ごろメールで勤務プランが伝えられる、どこかで誰か欠員があれば、世界のあちこちに飛ばされる。

——いつも同じスーパーマーケットのチェーン店だ、統合されたハイクラスのファストフードスタンドが付属している、空港は違っても大体いつも同じ場所、同じデザイン、同じ生産ライン、従業員への要求も同じだ、夜中の一時に彼女は勤務を始める、レジは同僚の女から引き継ぐ、これまでに二度、同じ女店員とまた同じ店で出会ったことがある、一度目はシアトル、次はマドリードで。オハイオ出身のエミィという子だった、二人は慌ただしく一緒に一杯のコーヒーを飲み、ちょっとおしゃべりした、そして世界のまったく別の地域の出身なのに、互いの人生が似たり寄ったりなことに驚いた。二人とも『ゴールデンガールズ』が大好きで、その中の気に入ったエピソードについてしゃべった、『セックス・アンド・ザ・シティ』についても、こちらは面白いけど、ちょっとセクシャルすぎる、で意見が一致した、アル・バンディ[★5]はちょっと過

激すぎる、でも『ER』となると、これは彼女たちの世界で、アットホームに感じた、ジョージ・クルーニー、二人は笑って顔を見合わせた、互いに相手がいま何を思っているかが良くわかった、二人してもう一度この名前を繰り返した、「ジョージ・クルーニー、ジョージ・クルーニー」、それで何となくはっきりしたことは、この男は顔もいいけど、診察衣の下もきっと相当なもんだろうから、ちょっとした事故に遭ったふりしてみるのもいいかもね、クスクス、クスクス、もう一杯どう？　いらない、もう行かなくちゃ、呼び出しかかってるの、でも、もしかしたら、そう、もしかすると今度の火曜日に、わたしは37bシフトのAタイムでトロントに行くわ、あなたはバンクーバーあたりじゃない？

――ぼんやりしている場合じゃないぞ、いいね

――行列がどんどん長くなってる

ジョイ　これはどうやったら動くのかしら？

――ここではまだ一度もトラブルはなかった
――いつもパーフェクトなのに
――彼女のやることと言えば、このクソ赤外線スキャナーでラベルを読んで、最後に「合計」を押すだけ、
――お金を受け取り、レジに入れる。
――つり銭は自動的にレジ脇の小皿に落ちる
――そこから客は自分で受け取れる
――その間に彼女は、次の客のサンドイッチや寿司パックをスキャナーで読み取る。

ジョイ わたしがやることと言えば、このクソ赤外線スキャナーでラベルを読んで、最後に合計を押し、お金を受け取り、レジに入れること、つり銭は自動的にレジ脇の小皿に落ちるから、客は自分で受け取るの、その間にも次のサンドイッチや寿司パックをスキャナーで読み取れるってわけ。ここの前は三週間、シンガポールの倉庫でカルヴァン・クラインのパンツをサイズごとに分けていたわ、その前は、アトランタの空港エリアのどこかにあるユナイテッド航空の冷凍室で働いた、あの空港では以前にも、コ

カコーラ社の顧客サービス部門で電話係りをやったことがあった、あの冷凍室だけど、サッカー場三つ分ぐらいの広さがあったわ、そこで牛肉を航空荷物向けの小口のアルミパックにして一時保管し、Eメールで注文が来ると、マンチェスターにあるオフィス、どういうわけかマンチェスターに移転したそのオフィスの若い男たちが、コンピュータを使って、このサッカー場のような冷凍室の中をフォークリフトみたいなやつを操作し、要求された量の牛肉を掻き出して、飛行機に積み込むの。わたしたち、わたしと五十歳ぐらいの太った二人のメキシコ女だったけど、彼女たちは労働許可書を持っていなかったので週末にはいつもメキシコシティに戻っていた。わたしたちの仕事は、どこかで自動操縦アームが引っかかったり、牛肉のアルミパックが落っこちたり挟まったりしたときに、冷凍庫に出向くことだった、それだけ。残りの時間は控え室にいて、タバコを吸ったり、『ER』を見たりしていた、それがこれまでいちばん快適な仕事だったわ。

――オーケー、ありがとう、ジョイ、でもね、そもそも誰もきみに質問などしなかったと思うけど

――いいかい、いつもきみのそばのモニター画面に小さな赤いランプが点灯したときだけ、
しゃべってくれよ、たのんだよ
――それじゃ、もう一度巻き戻してみよう、全体を
――もう一度戻るよ
――全員、自分の位置について、もう一度繰り返すよ、注目――
――この支店での彼女の初日
――彼女の顔には不安が
――つのる不安
――彼女は「交代要員」、言ってみれば「スタンバイ要員」
――行列はどんどん長くなる

ジョイ　これはどうやったら動くのかしら？
――赤外線スキャナーが動かない
――どこか故障だ

―バーコードが読み取れない
―へんな雑音と不快なチカチカした光
―その間にレジ前の列は伸びる
―どんどん伸びる
―二十七人のビジネスマンたちが、手に手に寿司パックを持ち、みんな急いでいる、みんなこの四苦八苦してるレジの女に苛立っている、あいつはトンマで、スキャナーをこのアホくさいバーコードの上に動かすこともできない
―あいつのやることと言えば、そのクソ赤外線スキャナーでラベルを読み、最後に「合計」を押し、金を受け取り、レジに納めることだけなのに。つり銭はひとりでにレジ脇の小皿に落ちる、そこから客は自分で受け取る、その間、やつはもう次のサンドイッチや寿司パックをスキャナーに通すことができるのに。
―クソ、忌々しいやつめ、ビジネスマンたちは声を荒げる
―だんだんアタマがおかしくなる
―映画のこの箇所に来て、突然ある気分に襲われる、なんと言ったらいいか、この人た

ちがこうした整然と敷かれた通路できちんと振る舞えなくなったら、空港ロビーのようなハイセキュリティ地帯で突然にアタマがおかしくなったら、どういうことになる？　しかもそこは証券取引所や空港という、彼らが働いているシステムのもっとも脆弱なところなのだ。そこでは男たちは、たったひとつの火花でも飛び移りかねない状況にある。何もかもめちゃめちゃに叩き壊し、焼き払い、無差別殺人に走ったりし始めるかもしれない。

──そう、まさにそういう暴力に私はいつも興味があった。つまり、システムに内在するテロリストだ。あるいは不幸な事件と言ったほうがいいだろう。ショッピングセンターを走りぬけながら、手当たりしだい撃ち殺すブローカーの男は、おそらく飛行機の墜落にたとえるのが最適かもしれない、ブローカーは墜落し、墜落しながら周りのものをすべて破壊する。システムに内在する大惨事《カタストロフィ》だ。

──自爆テロリストの西洋版だが、彼は動機もなく行動するのだろうか？

──この男たちが無差別に撃ち殺す瞬間、自分に動機があると思っているのか、聞いてみたいところだ、それにその瞬間、自分たちが何のために、あるいは何に逆らって行動しているかをきちんと意識していると思っているかどうかも。

―そんな考えは病的と呼ぶしかない。

―確かに、病的と言わざるをえないような考えだ、それでも、その考えがどのように動機づけられ、どうして起こったのかを知りたければ、その考えはまじめに受けとめるしかない。

―そしたら、レジのシーン、ジョイとビジネスマンたちのシーンに戻ろう

―ファック★6

―ファック、ファック

―ファック、ファック、ファック

―おれの飛行機

―ファック

―ファック

―ファック

―時間がない

―先を急がなければ

――先だ、先だ、先だ
――早くしろ
――チクショウ
――おれの乗り継ぎ便が
――乗り遅れる、もうキャンセルもきかない、ここでは携帯も使えないぞ
――ファック、ファック、ファック
――この女《あま》、何とかして急げないのか
――たのむから急げ
――その装置がどうやったら動くのか、わかってるのか
――この連中は自分が何をやっているのか、どんどんわからなくなってる
――こういう所にはいつだってアホなやつらが配置されてくる、やつらは何もわかっちゃいないし、何もかもどうだっていいんだ、どっちみち三日後にはまたクビだから
――何がどう動くのか、ぜんぜん知っちゃいない
――ファック
――おれは急ぐんだ

―腹がへった

―おれの便ではランチシステムが合理化で削られた

―今やどこに行ってもこうしたテイクアウト店があり、店員は超《ド》アホで、スキャナーひとつ使えないときてる

―ファック

―ファック

―ファック、ファック

―ファック、ファック、ファック

―ファック

―ファック

―ファック、ファック

―ファック、ファック、ファック

ジョイ こんなとき手動で打ち込むには、コード番号を入力しなければ12-58-**3** 12-58-**4**それとも**59**-**4**か、どうだったかしら、手動にするには？ ああ、困った

――彼女は非常用の番号を押す　17　16　4　28　0　0　3

ジョイ　（同時に）17　16　4　28　0　0　3

――どこかこの世界の反対側の端に、録音テープがある

――おそらくニューヨークか

――ワシントン、デトロイト、あるいはコペンハーゲン

――本部が財政的な理由で、ニューヨークかアトランタから、コペンハーゲンへ移された、と彼女は聞いたことがある。

――あるいはヘルシンキ

――とにかくどこかヨーロッパの北部だけど、今そこにあるのは録音テープで、誰も出やしない。さて何語で話せばいいのかしら？　まさかフィンランド語？

――いや、彼女はトーンシグナルを待ってから、伝言を残す。

――ジョイ

ジョイ　「赤外線スキャナーが動きません、赤外線読み取り機です、暗号の番号を、コードをコード読み取り機で読む機械です、もしもし、それがもう動かないんです、この店にはわたし一人で、隣の店の同僚に尋ねるのにこの建物を離れるわけにはいかないんです、もしもし、わたし、たった一人なんです、ここにいるのはビジネスマンばかりで、わたしは今にも殺されそう、助けがいるんです、レーザーなしで手動でやるにはどうしたらいいのか、どうですか？」

―　するとこの瞬間、彼女は思った

―　「レーザー、

―　フェーザー[★7]

―　宇宙船エンタープライズのウーラ中尉は、宇宙船の司令塔で一人っきりだった

―　彼女の夫はどこか別な惑星で、きわめて困難な状況にあって、再び故郷の星に帰還するために、コード番号を見つけ出そうとしている」

―　ジョイ

ジョイ「わたしに電話をください、ここはエーと、ファック、待って、シアトル、と思うけど、ここの番号は何だっけ、ここの番号、いったいわたしはどこにいるの？　どの都市《まち》に！」

――マイナス七・五三プラス八・九四マイナス一二・八六プラス一三・一一マイナス〇・七二マイナス〇・三三プラス一・八五マイナス一六・三三マイナス三・四四マイナス一一・四四マイナス一二・一四　配属がはっきりと決まることはなかった、排除されたわけではない、新たな騒ぎは警察へ、人的技術的故障のなぞに直面している、襲撃の犠牲者は十四歳の児童だった、報復の襲撃に怯える、成長率は下降しつづけ、〇・八パーセント以下になる見通し、調査委員会に対し責任を負う、野党に献金疑惑、一点の曇りもない解明を要求した、七歳のベッティーナ依然行方不明、群集に向けて発砲、暗殺現場で十七人の生徒が死亡した、シティ・エアポートで爆弾予告による大警報発令、二十人の負傷者が毒ガスに通じる路上で死亡、釈放後の彼の家族全員、七歳のマーレンだけが襲撃を生き延びた同時に——

——店の外に目をやる、だが、視界に入るもの何ひとつとして記憶を呼び覚ますものはない、いたるところに置いてあるモニターは、CNNや、せわしなく画面がロールダウンする株式市況を映している、一方、旅行者はキャリーバッグを引きずり、急ぎ搭乗ゲートへ向かう。画面が映し出すのは、墜落、戦争、紛争地域、NATOの爆撃機、独裁者たち、石油コンツェルン、戦闘用ヘリコプター、世界の反対側にいる幼い愛娘に携帯でお休みをいう幸せなビジネスマンたち、テルアビブの児童施設への自爆テロ、報復攻撃、庁舎が爆撃される、朝食をとる幸せな家族、株券の利回りが確実に上がっていることを知っている、目前に迫っている暴落のことはまだ何も気づいていない、テーブルを囲み、笑っている、向かい側には、スターバックス、マクドナルド、ピザハット、ヒューゴボス、ベルサーチ、ボディ・ショップ、ポール・スミス、わたしはどこにいるの？　レジ脇に番号がある。「あなたのレジは、所在地００７０８−ＰＱ12、デスクナンバー９０８、ああ、オーケー」

ジョイ　「もしもし、聞こえますか、こちら908／00708／PQ12に電話ください、急いでお願いします、わたしはここにたった一人で、コード番号がわからなくて困っています、店にはわたししかいません」

――　パニック状態で焦る三十二人のビジネスマンたち、みな同じスーツ姿、トランジットで一刻の猶予もない、先へ先へと急《せ》く

――　彼女はこのクソ忌々しいシロモノを修理しようとするが、見当がつかない

ジョイ　ぜんぜんダメだわ

――　まるでわからない、これがどう動くものか

ジョイ　まるでわからない、これがどう動くものか。
突然何も読みとらなくなったら、どうしたらいいの、

――このスーパーにたった一人の女、彼女の羽織ったぶかっこうな赤いチェック柄の上っ張りには、ジョイと名前が刺繍してある。

――いま夜中の三時半、男たちは長い列をつくり、落ち着きがなくなる、ジョイは、パニック状態で焦って赤外線スキャナーを数回レジに打ちつけ、改めてコードを読み取ろうとする、(次の語り手が語り出す) 怒りの涙をこらえる

――ジョイを演じる女優は、怒りの涙をじつに上手にこらえる

ジョイ「もういいかげんに動いて、おねがいだから」

――彼女は引き出しの中の書類を探し始める、使用手引書を。

――ジョイを演じる女優は、つのる絶望を示すのに必要な表情を正確につくる、その絶望はしかし、外にむき出しになったり、簡単にわかってしまってはいけない、誰だって自分をさらけ出したくないし、弱みは見せられないから、こんなクソ機械にきりきり舞いさせられているなんて絶対見せられない、と彼女は思う。ところで、彼女はジョイを演じ、しかも見事に演じるので、そうこうするうちに女優ジョイと、この人

物のモデルである本物のジョイとの区別が、もう誰にもわからない。わたしはもう仕事から離れられずに、この仕事のせいですっかり混乱してしまった。使用手引書は、ファック、どこにあるの？　どこかしら、ファックファック、どこ、ファックファックファック、どこなの、どこどこどこどこどこなの、ファックファック、こんがらかってしまった、わたしもうファック、出られない、ファックファックファック、ひとりぼっち、助けて。彼女は探す、焦り、絶望して

――だが何もない、
――何にもない、
――わずかな紙切れ、
――反故になった計算書、
――すると彼女は一枚の写真を見つける、スーツ姿の男性が写っている、彼はどこかの、どこまでも続く廊下で、コード番号式のドアの前に立っている

トム　7－1－7－2－4

—— 彼は映画『マトリックス』のシーンのように、ノキア携帯をパタンと開けて耳に当て、
戯れに諜報員みたいにカメラを覗く。

ジョイ トム、ああ、トム

—— 彼女は携帯を取り、番号を押す、呼び出し音が聞こえる。

携帯の鳴る音。

—— 廊下で振り返る
—— どこか別な都市にいて
—— どこでもいつも
—— エレベーターの横であいかわらずトムは
—— 待っている
—— 待っている

―― 泣いている

―― ズボンにオシッコをもらした

―― 何度か自分の顔を殴り、われに返る。

―― トムの声は、ナレーターの声となって数字の海を渡り、空港ラウンジ、連なる部屋、ホテルのベッド、病院のベッド、ポルノボックスを覆う、すべてがぼやけ、すべてが流れて混ざり合う、上下するエレベーターの音、繰り返しトムの傍をものすごい勢いで通過する、その間、彼は自分の顔を殴り、怒りで泣きはらす。

トム （自分の顔を殴る、怒りで泣きはらしながら）いいか、バカめ、しっかりしろ、このピーマン頭、このボンクラ脳コンピュータは何のためにあるんだ！　さあ、いいかげん働け、計算しろ、考えろ、アホめ、さもないとキサマをぶっ壊して、放り出してやろうか！　動かないコンピュータはゴミ箱行きだ、いいか！

―― 携帯の着信音、どんどん強く、大きく。

トム あの忌々しい携帯め、あれはおれの携帯か？　そこで鳴ってるのはおれの携帯か？　チクショウ、まただ！　おれのか？　いったいどこにあるんだ？　この忌々しい音はどこから届く？　おれの部屋はどこだ？　それにこのエレベーターのコード番号までも、何てざまだ？　どうしてここには誰もいない、どうしてここは何もかも死んでるんだ？　それともみんな隠れているのか、あるいは自分のベッドで死んだように寝ているのか？　おれはここから出たい!!

―― 着信音はますます大きくなり、ひずんでくる。

トム やっぱりおれの携帯だ。あれはおれの着信音だ、この音をあのころナプスターからダウンロードしたんだ、やつが破産する前に!!

―― さあ、すこし落ち着け

―― 気を鎮めて、落ち着くんだ

―― さあ、もういっぺん落ち着いて集中してみろ

トム おれにはできない

―― こらえろ

トム　もういやだ、できない、こんな所は出ていくんだ

――　ここにいろ！

トム　いやだ！

――　ここにいるんだ、こらえろ！

トム　おれはもうこんな役は演じたくない、たのむ、何か別なものをやりたい、別な役をたのむ、別な役を

――　おまえにはもうこの役しかない、さあしっかりするんだ、あまり混乱を引き起こさず、おまえの人生を何とか最後までやり遂げろ、それ以上のことは、誰もおまえに望んではいない！

——ぞっとするほど大きく、耐え難い携帯の着信音。

トム　あれはおれの携帯だ、このどこかの部屋にあるんだ、あの合図をたどっていけば、自分の住んでる場所がわかる、そこにはメモもある、そうすりゃこれから向かう先も、誰に電話したりメールしなければいけないか、明日のミーティングに必要な正確な情報をどうやって入手するかも、またわかるんだ、なにしろ、チクショウ、ウチが引き継ぐはずの会社の名前も、まるで見当がつかない、誰が誰と合併するつもりか、どのくらいの株を買い取ることになるのか、**おれにはわからない、まるでわからない**

——メールボックスへのメッセージ、トムの声でのメッセージ——

トム　「はい、トムです。ただいま席をはずしております。メッセージをどうぞ、折り返しすぐにお電話いたします。Hi this is Tom. I am not at my desk right now please leave a message and I get back to you as soon as possible.」

ジョイ　あなたはどこなの？　どこにいるの？　わたし、もうだめ……わたし……ここはどうなるのかしら？　え？　おねがい、電話して、電話をおねがい、あなたはいったいどこにいるの？

――一瞬、時が凍りつく

――ジョイは受話器を置き、待つ

――いま彼女は自分の声を聞く、ドキュメンタリー映画の中で、自分のことを語っているみたいな自分の声を。

――彼女の人生を描いた映画。

――テレビのスタッフ一同が彼女の横に立つ、とても親切な人たち、監督はひときわ親切で、見た目もいい男、自分でも演技しているんだが、彼女にたいそう好意的で、じっさい本気で彼女に関心がありそうだ、彼女のために時間をつくり、話にも耳を傾ける、ジョイ、まあ座って、くつろいでください、どうです、お互いファーストネームで呼び合いましょう、ぼくはペーター、さあ、話してみて、ジョイ、何があったのか。

ジョイ　ええ、何もかもが、何かこう追い立てられて、グローバルにネットでつながって、フレキシブルで、とことん合理化され、だからわたしたち、データみたいになってしまった、情報ネットワークの中を突っ走って、自分たちが誰で、いつどこにいたのかもわからない。何も思い出せない、フィルムが速くて、露光が速すぎて、何枚も何枚も重なり合って、次々に移り変わる映像、それを見ても何もわからない、ざわついた音だけ、何となくわかるのは、どこかに誰かが立っているか横になっているか、座っているか考えるかしていること、でも何ひとつはっきりとはわからない、すべてがぼやけていて、これがわたしの人生の記憶なの。まるで数字の海。

――いいぞ、ジョイ、すばらしい、でももう少し具体的にいけるかい？

ジョイ もっと具体的に？

――そうだ、ジョイ、ぼくらは二つ三つ事実も欲しい、単にきれいな映像だけじゃなくね、メタファーもお手のもんだ、素材さえ提供してくれれば、そこから何か作るさ、オーケー、それをもっといいものにも出来るよ、ほんとだ、ジョイ、ぼくらは結局そういうことを大学で専門に勉強したんだからね。

ジョイ　わたしも大学に行ったわ。一年半だけど、経済学よ、それからお金がなくなったか、実社会を見てみたくなったかして一年間休んだの、そのときは最初の八週間で二十七も、別々の仕事をやったわ、いつも交代要員みたいなもの、何しろわたしはどこでも三日以上は我慢できなかったから、とてもフレキシブルな生活スタイルでしょ、完全にコンピュータ化されたパン屋でコンピュータのアイコンを操作したり、紛失した手荷物を探す仕事、会員旅客の飛行マイル数を数えたり、テロ襲撃後の南洋諸島への旅行予約をキャンセルしたりした、民放のお笑い番組のためにニュースキャスターの言い間違いをサンプリングしたり、早晩シリーズもの★8のギャグを書き直す仕事もあったわ、人気の落ちた俳優を、連続テレビドラマの番組からどうやったらはずせるか、そのコンセプト作りとか、主にベネルクス諸国やポーランドのセックスチェーン業界で、ビデオボックスの清掃をしたりとか、電話の仕事も多かった、テレバンキングや投資公債の相談まで、ぜんぜん知識がないのにね、でも、投資の際にお勧めする事項が書いてあるメモがあったから、それを読み上げただけ。路上で道行く人に新種のチーズについて、あなたならどれを選びますかってアンケートを取ったり、選挙戦のコンセプト作りもした、フォルサ（世論調査の会社）とかくだらないとこでね。ピザを出前したり、寿司を切ったり、駅を見張って麻薬常習者たちを追い払ったり、テレフォンセックスとか、警察協会の新会員を募ったり、結局わたし、マジでまたいつか大学へ行きたかったのね

──で、面白かったかい、ジョイ？

ジョイ ええ、何か……面白いというか……そうね、ややもやしてるけど、でもまあ、面白かったわ

──数年後のジョイの声、どこかまったく別な土地のとあるアパートで

──すでに何がしかのことを乗り越えた暮らしぶりで、感じのいい家具もそろっている、

──今ようやくある土地でトムと一緒になれて、二人とも安らぎを得た、そんなふうに見える。いつのまにか彼女は低い声でこんなことをつぶやく、テレビチームに語りかけるように──

ジョイ テレビの人たちって、どこかとてもほっとさせてくれるわ、ここの暮らしのすべてが、連続テレビドラマのエピソードみたいに思わせてくれるの。何しろテレビのシリーズものはいい終わり方をするでしょ、いつもね、特にテレビだとあらゆる疑問に答えてくれるし、どんな問題もすべて解決されて、悪人は死んで、善人はどうにか一緒になれる。ところが、**この忌々しいほんものの人生、とでも呼んだらいいのか、このムカツクやつ**ではそうはいかない、残念だけど、すべての問題が未解決で、登場人物は絶えず変わり、筋の見通しはまったく立たないし、登場人物は誰一人として、理解でき共感できるような動機を持っていない、皆、頭がおかしくなっても、お互いを傍観している、そんな感じ。何にも理解しない、それに、**なんてこと**、人々は繰り返し出会うことが**ない**のよ、そもそも出会う前に別れているんだわ、彼らの人生はいろんな物語をゴマンと語ってくれているのに、それを誰も理解しないし、その物語の筋の中にちゃんと入ることがないのよ。

―― 海のざわめき、そして風

――面倒なことは、フレキシブルな秩序にあっては生産性を阻害する

――すべては単純でわかりやすくなければならない、さもないと制御不能の事態が始まる

ジョイ 人生で大切なのは、面倒なことをできるだけ減らして、単純に、しばらくの間、働いてみること、人でも事でも何であれ、狂気に追いやったりしないで。それが目標だわ！

――ジョイの声は、今度はテレビのシリーズ番組『ジョイ・ワールド』、ごく普通の女性の人生、の声になる。

――『ジョイ・ワールド――ごく普通の若い女が普通でない状況に陥った物語、ハ、ハ』の予告編、嵐のような拍手喝采、「そしてこちらがジョイ」、さらに大きな拍手、しゃんしゃん、すると再び海のざわめき、風の音、そしてユーリズミックスの歌う「ジュリア」。

ジョイ　「わたしたちがどうやって知り合ったかですって？　第4ターミナルのトランジット、パスコントロールのすぐ手前で。二人ともすごくあせっていた、気づかれないほどの一瞬、すばやい不鮮明なカメラ動作。監視カメラ動作。

——　**カット！**　もう一度、どうぞ。

予告編、それから、ジョイが自分のセリフを話す、よく聞いてみると、彼女はセリフをそらんじていることがわかる。

ジョイ　わたしたちがどうやって知り合ったかですって？　安全チェック・コントロールのところで。わたしは走るしかなかった、だいぶ遅れていたし、でも誰もわたしを通させようとしなかった、だからグイグイ前へ進み、あの人のすぐ前へ立ったら、彼がまたわたしを脇へ押しのけようとしたの。

——　その間に映像はぼやける。数字の列、さまざまな言語での空港内アナウンス、どこでもない場所、数字、レントゲン機器、ここは病院か？　空港？　ラウンジのビジネスマンたち、すっかり疲労困憊して、抜け殻状態、彼らの顔にプロジェクターで映される文句「おれはからっぽ」、すると、乱れ縺れあったコーラスの声 "I feel so empty, I am so fucking empty, I don't know who I am（おれはからっぽ、もぬけの殻だ、自分が誰だかわからない）"

トム　（加わる）...I feel so empty, I am so fucking empty, I don't know who I am, 到着するとベッドに倒れこみ、自分がどこにいるかわからない、到着すると翌日のチケットを見て、Eメールをチェックする、伝言サービスに目を通すが、自分がどこにいるかわからない、空か、地上か、これから着陸するのか、飛び立つのか、隣に何か死んでる物体がある、思うに、それはおれ自身だ。

――　場面17　空港　ターミナルD　夜

ジョイ　すみません、わたし、どうしても乗らなければ

トム　ええ、私もですよ

ジョイ　仕事をフイにしてしまうんです

トム　私もですよ、それに私がミーティングに遅れると、私ばかりか他に三十万人もの人たちも一緒にね、だから

ジョイ　でもわたし、あなたより切羽詰ってお金が必要なの、どいて、バカ！
でも彼は通してくれなかった、何しろ彼も同じく急いでいたから、わたしたちは殴りあいになるところだった、空港は人を攻撃的にする、時間がないとき、約束に間に合わないとき、人は攻撃的になる。檻の中の獣みたいに手荷物検査台の前で引き留められると、途方にくれる。そういうときに限って自分の前に、何時間もカバンの中を引っ掻き回したあげくに、コインやら鍵やら携帯やらをズボンのポケットに入れているせいで何度も呼び戻されて、再チェックされるやつがいるんだ。

トム　とっとと失せろ、さもないと片っ端からぶっ殺して、火をつけるぞ、きさまらみんなだ、真っ先におまえをな、わかったか、このアマ。

ジョイ　わたしはトムの顔をまともに殴った、彼は床に倒れたが、また飛び起きて殴りかかってきた、血を流した。二人とも。わたしたちは保安職員に連行されて、個人調書をと

られ、ポケットの中を捜索された。「アタマのおかしいこいつら、何者だね？」「ここに置いといたほうが良さそうだな」。わたしたちはガラスキューブの中に入れられ、二時間も留置されたのだ。

トム　やつらは何度も中を覗き見たり、ビデオカメラでおれたちを監視していた。

ジョイ　わたしたちが話をしたりするとその度に、保安職員の一人がドアを叩き、警告するように指を立てた。

トム　クソ食らえ、乗り継ぎ便なんぞ、おれはもうミーティングなんか忘れてやる、合併話も株買取りの件も、あんたもＤＡＸ（ドイツの株式指数）なんか忘れていいよ、どっちみちあんなもの、はるか遠くの話なんだから、そう、今となっちゃあ、まるっきりはるか彼方だ。あんたは自分がさっきしたことがわからない、おれの充電器、クソッ、チクショウ、たのむ、充電器はどこだ、携帯はこのくそったれのガラスキューブの中じゃ使えない、いったいどうやってこのうざったい取引をやったり、取り消したり、情報を流せばいいんだ、連携し、調達し、維持し、再構築し、リストラし、再教育する、再強化し、規模縮小して、改革する、フレキシブルにして、ダウンサイジングし、アウトソーシングし、ダウンロードする、正しい数字を流す、少なくともまだ正しい数字を流す、それにはどうすればいい、ここにいるのとは別のトムに、うちの会社の別のやつに、そいつもトムと言って、ときどきおれの代わりになる、何しろそいつはおれと瓜二つだし、声も同じだから、こんなハメになったのも、アホ女、あんたが脇へどかなかったからで、おまえなんか死んじまえ、死ね、豚。ミーティングがオジャンになると何百人もの人が死ぬんだ、そのことがあんたにはいったいわかっているのか？　おわかりですか？　何百人もの一家の親父《おやじ》が失業し、生産は大赤字、相場は下落、景気後退、インフレ、利潤ゼロ、利回りゼロで、みんなが飢える、国債もすべて下落して一斉放出、するとどうなる？　何もすることがなくなれば、連中はどうすればいいんだ？　誰も必要としない、誰もそんな連中を欲しくないんだ、やつらは収支決算を圧迫するだけだ、この最悪のサラリーマンのやつら、いったいどこへ行けばいいんだ？　おれたちはやつらをどうすればいい？

ジョイ　あなたってとてもセクシーね、そんなふうに興奮すると、気づいているかしら、あなたを見てると、ちょっとジョージ・クルーニーを思い出すわ、いま勃起してる？

トム　何だって、気が狂ったか！

ジョイ　トムは白い診察衣を着て廊下を走った、集中治療室の廊下、そこにわたしは横たわっていた、カバンの中にはちゃんと器具もそろってた、わたしの苦痛を取り除き、悪いものをすべて診断して、わたしの体から切除するための器具。彼はとても興奮していて、すぐさまわたしたちは、ビデオカメラがいくつも付いたこの忌々しいガラスキューブの中でセックスをした、彼はとても怒り昂ぶっていたから、ほんと、スッゴクうまくやれたわ。(短く間)そんなこと、その後ではそう度々は起きなかった。

――おれたちはガラスキューブの中のトムとジョイを見ている、彼らがどんなふうにセックスしたかを。脂肪太りで髪にポマードを塗りたくった一人の保安職員が、一部始終をモニターで眺めていた、一方、地上スタッフの他の同僚たちや急ぎ足の旅行者も、通りすがりにキューブの中をチラッと見て怪訝そうだ、これはどこかの創業した企業のプロモーションギャグなのか、それとも単にポルノビデオを流しているのか、あるいは公共の空間でのセックスについて、というテレビ番組なのかと。

――これは単に、テレビ番組『ドク・ソープ』★9の『ジョイ・ワールド』の撮り直しなのよ、だって、ぜんぜんそんなことは起こらなかったし、そもそもなかった話なの、そんな方向に話が進んだので、それで後から撮り直されたってわけ、彼らが撮影し直したの。

ジョイ　バカみたい、これはすべて本当のことよ、ぜんぶ自分で経験したことなの

――今それを言ってるのはジョイなの、それとも後に映画でジョイを演じる女性なの？

――テレビのシリーズの

――で、そのシリーズはどんな評判だった？

――あまり当たらなかった、それでまもなく中止になった。

ジョイ　バカみたい、このシリーズは大ヒットしたのよ、『ジョイ・ワールド』。八百回以上も続いたわ、これは実際にわたしの人生をもう一度映画化したものなの、すごかったわ、ほんとにすばらしかった、わたしを演じた女優は真に迫る演技でひきつけたわ、わたしよりはるかに上手にわたしの人生を演じたし、彼女はわたし以上にすばらしいジョイだった。

――**カット！**
しだいに憤激をつのらせる一群のビジネスマンたちに戻ろう、彼らはボスやイヴ・サンローランのピンストライプを着て、手には寿司パック、マネージャーサラダとかいう小パック、それにハッピーフィットネス・ドリンクを持っている、彼らは接続便に乗り遅れてはならず、**チェック柄の制服を着たジョイとかいう名で、四苦八苦して汗だくのクソ忌々しいこの女を憎む**

――こんな女とは、夢の中でもベッドインすることはないだろう、たとえ今いるのがテキサスで、あの忌々しい「ウェルカム・ホーム」のポルノチャンネルが見られないとしても。

――カット、ショット17D－1、エレクトロニック・シティ、夜。

――ジョイの声、電話口にひずんだ電子音声で――

「トム、おねがい、折り返し電話して、ごめん、きっと今ミーティング中だと思うけど、わたしもうだめ、わたし……どうしても話を、誰かと話をしなくちゃ、ここには誰もいないの、わたし、もうだめ、わたし、もうだめだわ」

――カット、いいよ、オーケー、すぐ次へ行くが、全員三分間小休止だ、そしたらすぐに引き続きショット17D－2、エレクトロニック・シティ、夜、へ。

――急を要するけたたましい携帯の着信音。我々は映画のスクリーンに見る、廊下の男がパニックになって四方八方走りまわり、音の方向を探す様子を、男はあちこち探すが、見つからない。

――**カット**！ ここはもう一度撮ろう、たのむよ、オーケー、いいかい、みんな、もう一回撮るよ。

――どうして？

――音がひどかった

――ああ、オーケー、音がひどかった、じゃ、みんな、音たのむよ、今度はひどいのはごめんだ、いいね。

――廊下で携帯が鳴る音、男がパニックになって四方八方走り回り、音の方向を探す様子が見える、男はあちこち探すが、見つからない、今度は最大ボリュームで

――**カット**！　今度の着信音は最高だった、四方八方から、まさに携帯シンフォニーだ、最高、最高、きみたちみんな好きだよ、さあ、続けて。

――17D－3b、エレクトロニック・シティ、夜へ、はい、音をどうぞ

――ジョイの声　17　16　15　14　13　12　11、彼女は不安げに息を殺して歌う。"Take me to your heart, why don't you take me to your heart?（あなたの心へわたしを連れてって、あなたの心へわたしを連れてってほしいの）[★10]"

――ユーリズミックスの歌で、アルバム「イン・ザ・ガーデン」から。ジョイが十代のころ、当時ヒューストンかブライトンか、ボンかどこかで買った初めてのアルバム、アニー・レノックスがまだ世界的成功を収める前で、ユーリズミックスはまだ実績もなく無名だった、でも当時からすでにゾッとする氷のように冷たい声だった、一緒に歌うと、だんだん凍りついてくる、真のエレクトロニックで、吹雪と混じっていた、ジョイの声は低く、冷たく、絶望的だった、誰もこの歌を知らない、彼女が何を歌っているのか誰も知らない、一緒に歌える者はいない。彼女は待つ、着信音が鳴る、返事はない、彼女はあたりを見る、目にしたものはひどい光景だ、列をなした背広姿の

男たちが荒れ狂い、アタマがおかしくなって、目の前で手当たり次第、ものを叩き壊している

――彼らがこの社会で求めているのは、この社会が「文明化している」とはもはや言えないような瞬間なのか？

――今やおれたちの社会はもうまったく定義できない、そのための言葉が**まだ**存在しない、あと数年したら見つかるにちがいない。今はこの社会に革命を起こし、全面的に再構築する力のほうが、このプロセスを記述したり、いわんや批判したり修正したり、あるいは止めるかもしれない力よりもはるかに強く、成果を挙げているのだ。

――（再びセットで）男たちが暴れるところはまたあとで撮るよ、いいね、あとでそれをミックスするから、いいね。

――彼女が歌う。"So we are living in desperate times, ohh, such an unfortunate time I can't relate to you I just can't find a place to be near you（私たちは希望のない時代に、おお、こ

んなに不幸な時代に生きている、あなたと話ができないなんて、あなたの近くに居場所が見つけられないなんて)”

彼女はどこか地球の反対側にいる夫のトムのことを思う、彼がどの都市に、それより、どの航空便でいつまた戻ってくるのか、彼女は忘れてしまった、それに、自分がうまく仕事のスケジュールを調整して、どれかの空港での夜勤につくことになっているかどうかも。その空港には彼が、帰りの旅もしくは続きの旅、通過する旅、**それとも、十年以上も彼がやっているような、こんな終わりのない出張旅行をどう呼んだらいいの、**その旅の途中で立ち寄るかもしれないのに。

ジョイ　（歌う、先に記したような歌い方で）“Time after time I try to contact you time after time I **try to talk to you but you don't take me to your heart.**（幾度も試みる、あなたと連絡とろうと、幾度も試みる、あなたと話そうと、でもあなたは連れてってくれない、わたしをあなたの心に)”

ジョイの声　（メールボックスに、パニック状態で）「トム、トム、折り返し電話をして、おねがい」

――おれたちは目にする、彼女の夫が、シアトル、アトランタ、ロンドン、ニューヨークのどこかの、落ち着いた色調の簡易ホテルで、パニックになって携帯の着信音の方向に走る様子を、彼は走る、頭をかかえ、頭を壁に打ちつける、怒りに燃え、大声で喚きたい気持ちだ、だが彼はそうしない、不安なのだ、引き渡されるのではないかと、誰かが警察に電話し、しょっぴかれるのを、彼はパスポートを所持していない、自分を証明できない、自分が今いる場所も、ホテルの番号も知らないのだ、でも彼には自分の携帯の着信音が聞こえる、しかし、もちろん三百万人もの他の男たちも、まったく同じ着信音を使っている、これが本当におれの携帯だと、まだ荷解きすらしていないトランクの脇で鳴っているおれの携帯だと、どうやって知ればいい、そもそもどうやって何かを正確に知れと言うんだ

トム　わからない、もう何ひとつわからない、おれは走る、つんのめる、倒れる

彼はつぶやき声の大きさで叫ぶ。

ジョイ　トム、トム、トム、わたしに電話して、おねがい、助けて

トム　ジョイ、ジョイ、ジョイ、ジョイ、チクショウ、おまえはどこにいるんだ、おまえを愛しているよ

ジョイ　愛と言ったの？

トム　そうだ、愛だ、おれにはきみが必要だ、せめて今はきみの傍にいたい、ここよりずっときみの傍の方がいいのに、おれはもうだめだ、おれはもうだめだ

ジョイ　愛なの？

トム　そうだ、そんなようなものだ、ひょっとして今、きみの傍で眠ったり、テレビを見たりしたら、きっとすばらしいだろうな、いや、テレビはダメだ、音楽を聴いたり、それとも 17 16 15 14 13 12 11

――すると、コード番号の大群、コード番号からなる海。トムの声が幾重にも重なり合い、ますます慌ただしく速度を増し、ついにトムは力尽きて倒れこむ。

トム　（少ししてジョイが加わる、それから少し間をおいて語り手全員が加わるので、数字の海が生じる）17 47 13 11－17 48 13 12－1 11 17 3－5 9 16 2－15 19 22 5－27 19 13 12－14 19 28 12－18 19 22－12－7 15 98 3－80 99 45 11－2 22 23 9－1 0 0 2 0 0 3 0 0 12 などなど。

同時に

――トムとジョイの声、二人は正しいコード番号を探している、プレタマンジェ店の価格入力のための番号、エレベーターの保安用番号、ホテルの電気作動のための、ポルノチャンネルのロック解除のための、携帯のピンコードの、ECカード、アメックス用の、Eメールアカウントの、空港でのEチケットの、携帯の、銀行のアカウントの、Eメールの問い合わせ用の、それに、とりあえずこの忌々しいホテルを見つけるためのコード番号!!

――二人はどんどんぼやけていくコード番号の背景に呑み込まれる、いろいろな都市の写真が幾重にも重なり合う、待合室、病院、短期クリニック、商品倉庫、ショッピングモール、インターネットカフェ、VIPラウンジ、テレビスタジオ、世界中にある休暇用クラブ、何もない、重要なものは何ひとつ。どこにもない場所、そのような場所では、時間は一秒の数百分の一の間に凍り付く、安全チェックの遮断ゲート前であせっている旅行者たち、ホームストレッチに真っ先にたどりつくのは誰？ 同じ背広、同じトランク、いつも同じトランクを乗せた動く歩道、乗り継ぎ便へ向かう道で疾走するビジネスマンたち、シンガポールで香港で、へたり込んだビジネスマンたちがその先の旅行を待っている、つかの間深呼吸するチャンスは逃さない、蘇生用機器、飛行機の墜落、救急車、自動車レース、飛行ショー、格闘家、ゴールの写真判定、一位が二位を百分の一秒リードし、二位は三位を百分の一秒の二分の一差でリードした……

――ジョイとトム、二人とも疲れ果て、二人とも孤独に、走りに走る、突進し、つんのめり、バス、タクシー、電車、列車、船、ヘリコプター、飛行機、に乗る、そして「自分たちの姿」をひとつに束ねようと試みる、自分たちの人生のストーリーをつらぬく一本の線を見つけ、「本物」と映り、自分自身であろうとする、正しい情報をパッとつかんで転送し、どんな指示にも正確に従おうとする、信頼できて、本物で、フレキシブルで、効果的に。

――突然の静寂。

間

――突然、静止。

間

――一瞬、すべてが静寂。

間

――数字のざわめきが止む。

間、静寂、少しの間、何も聞こえない。

ジョイ　（下方に、たゆたう音楽の水面、この世のものでなく）次の次の火曜日には、わたしはアムステルダムの第4ターミナルの65番ゲートのすぐ脇で、七時間勤務なの、調べてみたら、あなたはその晩マドリードからやって来て、またトロントへ飛ぶのね、もしかしてあなたがブリュッセル経由でなくアムステルダム経由の、ちょっと遅い乗り継ぎ便にできるなら、わたしも勤務シフトを調整して、二十三時と二十三時三十分の間はきっちり休憩を入れることができるわ。そうすればＫＬＭのラウンジで、わたしたちはついに合流して、またライブで話を交わせる、それにほんの一瞬、あなたの肩に頭をのせてみたい……

トム　（続けて話す）……きみを抱いて、きみにキスして、一緒にちょっと男性用トイレに行ってもいい、それとも第4ターミナルにはお祈り用の部屋もあるし、そこなら誰もいない、そこでおれたち、うまくすれば、ちょっとジョイが笑う。

ジョイ　愛してるわ

トム　あ、で始まるその言葉。きみはおれを不安にさせるね。

ジョイが笑う。

トム　きみがいないと寂しい

――二人の呼吸が聞こえる、たよりなげに、慎重に

次のセリフはむしろ問いかけのように、確信はなしに。

ジョイ　わたしたち、うまくやれるわ。

トム　そうとも。おれたち、うまくやれるさ。

終

訳注

★1―ユーリズミックスの歌“Let's just close our eyes”より。

★2―ユーリズミックスは、女性ヴォーカリストのアニー・レノックスと、サウンド・メーカーのディヴ・スチュワートによるエレクトロニック・ポップ・ユニット。八三年のアルバム「スイート・ドリームズ」が、全英・全米で大ヒット。九三年に解散したが、九九年に再結成し、アルバム「ピース」を発表。

★3―ユーリズミックスの歌“Here comes the rain again”より。

★4―国際無線救助信号で、助けてくれ、の意。

★5―ここで話題に上る『ゴールデンガールズ』『セックス・アンド・ザ・シティ』『ＥＲ』はいずれも米の人気テレビドラマ・シリーズである。アル・バンディは、やはり米のホームドラマ・シリーズ『とんでもない家族』に登場するバンディ家の父親。ジョージ・クルーニーは、『ＥＲ』で医師を演じる俳優。

★6―ファックは、間投詞として、嫌悪や当惑を表す。ここでは、苛立ちを募らせるビジネスマンたちの罵りのつぶやきや、焦って携帯のキーをたたく音、またジョイが扱うスキャナーの異常音などを連想させる。

★7―アメリカのテレビＳＦシリーズ『スター・トレック』に登場する最新鋭の巨大宇宙船エンタープライズ。フェーザーとは、その宇宙船に搭載され、乗組員たちも所持する武器のこと。ウーラという女性もその乗組員の一人として登場。

★8―テレビのシリーズもので、夕刻の五時から八時までの時間帯に定期的に放映される。

★9―ドキュメンタリー・ドラマのシリーズ番組。
★10―ユーリズミックスの歌“Take me to your heart”より。

訳者解題

グローバル化の中で失速する人間たち

内藤洋子

トムは、エレクトロニック・シティにチェックインする。しかし、チェックアウトすることはない。どこに移動しても着いたところはエレクトロニック・シティで、そこから立ち去った気がしないのだ。とある都市の立ち並ぶホテル群の一つに踏み入り、トムは途方にくれる。人の気配はない。いったいここはどこだ。彼の脳は突然のパワー不足で、ブラックアウト……。

マネージャーとして商取引に世界を飛び回るジェットセッターのトム。彼にとって、空港のビジネスラウンジが常なる仕事場である。そして常のねぐらは、「ウェルカム・ホーム」という名の、世界中に展開するチェーンホテル。どこの都市に着いても、出迎えるその都市の外面は同じで区別がつかない。そう、ここはエレクトロニック・シティ。ニューヨーク、ベルリン、ローマ、シンガポール、東京……。世界に遍在し、どこにでもあるがゆえに、どこでもない。こうしたエレクトロニック・シティがにわかに大量出現したのが、現代のグローバリゼーションの時代と言えるだろう。このトムも、そしてもう一人の主人公のジョイ、空港ロビーに展開するファストフードチェーン店のレジで、フレキシブルなスタンバイ要員として働くジョイもまた、このグローバル化時代が生み出した人間たちなのだ。

この戯曲は二〇〇三年一〇月にボッフムのカンマーシュピーレで初演された（演出はマティアス・ハルトマン）。その後、チューリヒ、ベルリン、ハンブルク、ゲッティンゲン、ブレーメンなどドイツ各地で、さらに、ダブリン、ワルシャワ、ヘルシンキ、チリのサンチャゴなどでも上演されている。

「おれたちの生き方」というサブタイトルのついたこのドラマは、いま世界を支配するシステムが内包する問題を真正面から見すえ、そのシステムを下支えしている人間たちの悲喜劇を描いている。ファルク・リヒターが彼の戯曲の中で一貫してテーマとしているグローバリゼーションの問題が、まずひとつ中心にあると考えていいだろう。グローバル化が新たな価値基準となって支配している。グローバル化はまた、スピード化と効率化を極限まで追求する。

リヒターはあるインタビューで、こう述べている。

効率ということが新しいイデオロギーとなり、それがますます多くの領域に侵入していいます。政治や文化、社会を構成するすべての部分の中にまで。あらゆることをただ単に経済的な観点から決定するという態度が、ひとつの方向づけをしてしまっているのです。そこで問題なのはただ効率だけで、意味ある人生とは何か、などではないのです。

いま世界を動かす強大な力を握っているのは、実は政治家ではなく、政治家のようには公に姿を現すことのない経済人であり、この経済エリートたちは、演劇にとっても非常に興味ある対象だ、とリヒターは言う。トムもそんな一人である。

彼らは経済戦争の戦士となって奔走する。停滞は許されない。そうしたビジネス戦士たちが乗り継ぎのつかの間を過ごす空港のビジネスラウンジは、いわば彼らのオフィスである。ビジネススーツは彼らのユニフォーム。ノートパソコンを膝に、携帯を手に、素速くデータを受け渡す。その背後では絶え間なくCNNニュースが流れ、世界を伝える。テロ事件も株式市況もごちゃまぜに。経済戦争を有利に闘い、ビジネスチャンスを拡げて効率よく利潤を生み出すために、戦士たちはネットワークを再構築し、再強化し、改革し、合理化する。スタンバイ要員としてレジで働くジョイは、フレキシブルを讃える掛け声とともに大量出現した、いわば新種のプロレタリアートである。

そのジョイがパニックに陥る。スキャナーが突然動かなくなったことで、このシステムの脆さが露呈し、秩序が崩壊する危機にあるのだ。一方のトムも、ホテルの部屋のコード番号を失念したことから、自分を確認するすべを失う。システムの中での自分の機能を喪失し、「おれは空っぽ、もぬけの殻、自分が誰だかわからない」という自己喪失感を、彼は〝墜落〟に見立てる。システムのネットワークからこぼれ落ちるとき、それはまさに自分が解体され、意味をなさぬデータの破片となって、数字の海の中に墜落するようなことなのである。

そのトムの脳裏にふと、ジョイという名前が浮かんでくる。これは愛と呼びうるものなのか？　同じときに、世界の反対側でジョイもトムの名を呼び、助けを求めているが、その声はトムには届かない。

このドラマで、数名からなるチームがコーラスとして登場するが、彼らは、時にプロンプターとなり、状況を描写し、説明し、演出上の指示を与えたりもする。そしてまた時に、トムやジョイに成り代わりもする。リアルタイムで同様にたくさんのトムやジョイたちが世界のいたるところで、孤独に、追い立てられ、いつでも破綻しかねない状況にいることを示唆していると見ていいだろう。

ブラックアウト状態のトムの唇にふと甦ったのは、ユーリズミックスの歌である。八〇年代にブレイクした、まさにエレクトロニック・ポップ音楽で、アニー・レノックスの歌声は、シンセサイザーの硬質な音と相俟って、氷の粒のように硬く冷たく、しかし心に染み通ってくる。エレクトロニック・シティのそそり立つビル群の硬く無機質な壁にぶつかってこだまする、さまざまな音の遠いざわめきの中から浮かび上がってきたその歌は、自分を見失ってしまったトムにとって、自分を取り戻すよすがになるかもしれない、かすかな希望のようなものである。

リヒターは言葉を音楽のように扱う、と評される。リズミカルでスピード感あふれる言葉を、つぶてのように投げつけてくるスタイルは、彼のドラマの大きな魅力でもある。

ファルク・リヒターは一九六九年にハンブルクに生まれた。ハンブルク大学で言語学、哲学、そしてユルゲン・フリムらのもとで演劇術を学ぶ。在学中から自作品を演出するなどの活動で注目を集めていたが、一九九六年にハンブルクの工場跡地に立つ実験劇場カンプナーゲルで、オランダの劇作家G・レンデルス作『シリコン』を演出し、『シュピーゲル』誌で〃鮮烈なデヴュー〃と称賛された。この卒業演出の機縁でオランダ祭に招かれるが、そこでのオランダ演劇との出会いは、リヒターを魅了する。ドイツとは違ってテクスト中心ではなく、映像やダンスが重要な役割を果たす演劇観は新鮮であった。テクストも稽古の過程で演出家や俳優、振付師、音楽家などの共同作業によって即興的に作り上げていく手法は、その後、彼の出世作『何も傷つけない』(一九九九)に結実する。

『シリコン』でのデヴューの翌年一九九七年には、同じくハンブルクのカンプナーゲル劇場での『灰には灰を』(ハロルド・ピンター作)の演出で、『テアターホイテ』誌により、最優秀ドイツ新進芸術家に選ばれる。その時まだ三十歳前であったが、それ以来、劇作家として演出家として、つねに第一線で活躍し続けている。

自らが演出した自作品の主要なものを拾っても、『カルト——ヴァーチャル世代の物語』(三部作)(一九九六、デュッセルドルフ)、『何も傷つけない』(一九九九、ハンブルク/ユトレヒト、二〇〇一年度ベルリン・ドイツ芸術アカデミーの放送劇賞を受賞)、『神はディスクジョッキー』(一九九九、マインツ)、『ピース』(二〇〇〇、ベルリン)、『システム』(二〇〇四、ベルリン)などが挙げられる。舞台にさまざまなエレクトロニックを投入し、マルチメディアに深く侵食されている現代の生活世界を描いた作品『神はディスクジョッキー』は、リヒターにポップ演劇の担い手との呼び名をもたらした。

他作家の作品では、ブレヒトの『屠殺場の聖ヨハンナ』や、サラ・ケイン『4・48サイコシス』、マルク・ラヴェンヒル『ポラロイド写真』、ヨン・フォッセ『夜が夜の歌を歌う』、ローラント・シンメルプフェニッヒ『より良い世界のために』など、主に同時代の戯曲を演出している。二〇〇五年二月にはウィーンのブルク劇場で、オスカー・ワイルドの原作をエルフリーデ・イェリネクが翻案した『真面目が人生』を初演した。また、オペラの上演にも意欲的に取り組み、彼のドラマ作品で重要な役割を果たしている音楽への関心が並々ならぬものであることが窺える。

二〇〇〇年秋からチューリヒ劇場の総監督クリストフ・マルターラーのもとで座付き演出家となる（二〇〇四年まで）が、その間も、ベルリン・シャウビューネやハンブルクで定期的な活動を行っている。

再びこのドラマに戻り、トムとジョイの他に、じつはもう一人の主役が存在することを指摘しておきたい。それはメディア産業、とりわけテレビの番組制作者たちである。劇の進行の途中で急に「カット！」の声が入り、これは『ドク・ソープ』というテレビのドキュメンタリー・ドラマ番組の撮影なのだと、観客は気づかされる。

「ドク・ソープ」というのは、ドキュメントとソープ・オペラから成る合成語で、実際にドイツのテレビで放映されているシリーズ番組でもある。つまり、「ドク・

ソープ」は、インフォメーションとエンタテインメントという二つの機能を併せ持つ、「インフォテインメント」と呼ばれるジャンルのものである。

舞台では、シリアスな劇の進行が一方にあり、同時に、それを撮影するテレビチームがいて、カットの合図で劇を中断し、撮り直しをしながら「作品」に仕立て上げていく。その現場にも観客は立ち会うことになるのだ。その双方を見守る観客は、実際のモデルとそれを演じる俳優との関係、演じるものと演じられるものとの関係について、思いをめぐらせることになる。

我々は日常、マスメディアの提供する映像を通して、いわばメディアのフィルター越しに現実世界を知る。そしていつのまにか現実世界とヴァーチャルな世界との境界はぼやけてくる。メディアの手で現実世界の出来事は単なる素材として扱われ、その素材から創られたヴァーチャルな世界にこそ、リアリティを求めるような過ちを、我々はともすれば犯しているのである。現実世界が再現されるとき、そこには〝演じる〟ということがすでにあり、その固有の美学が介在することで、現実世界はますます間接化し、遠隔化されることを、このドラマは示唆している。

リヒターは、二〇〇四年に、この『エレクトロニック・シティ』を第一部とし、四部作から成る作品『システム』を半年がかりのプロジェクトとして、ベルリンのシャウビューネで上演した。第二部以下は、『アモク／より少ない緊急時』『氷の下』『ホテル・パレスチナ』から成る。これは、映画やビデオ、音楽、テクスト、演劇、講演、討論、リーディングなど、さまざまな方法を組み合わせて、政治とメディアの関係、そして現代社会のこのシステムの中で生きる人間を、探求し表現する試みである。

新しい演劇の形を探っていきたいと語るリヒターの今後を注目したい。

なお、『エレクトロニック・シティ』は、二〇〇五年六月三日に東京・世田谷シアタートラムで、リーディング上演された（演出＝岡田利規、出演＝石橋志保、岩本えり、福田毅、村上聡一、山崎ルキノ、山中隆次郎）。

著者

ファルク・リヒター（Falk Richter）

1969年、ハンブルク生まれ。演出家、劇作家、翻訳家。2000－04年にチューリヒ劇場の座付き演出家を務め、ベルリンのシャウビューネでも活躍中。映像や音楽、ダンスを取り込んで即興的に舞台を仕上げていくポップ演劇の手法で、政治のテーマとも取り組む。2004年に四部作『システム』を公演。著書に『システム』（2004）がある。

訳者

内藤洋子（ないとう・ようこ）

栃木県生まれ。明治薬科大学教授。ドイツ現代文学。編訳書に『呪文のうた——ザーラ・キルシュ選集』（郁文堂、一九九八）、共著に『自然詩の系譜——20世紀ドイツ詩の水脈』（みすず書房、二〇〇四）。戯曲の翻訳にルーカス・ベーアフス『親たちのセックス・ノイローゼ』（『Deli（デリ）』所収、二〇〇五）

ドイツ現代戯曲選30　第四巻　エレクトロニック・シティ――おれたちの生き方
二〇〇六年二月一〇日　初版第一刷印刷　二〇〇六年二月二〇日　初版第一刷発行
著者ファルク・リヒター◉訳者内藤洋子◉発行者森下紀夫◉発行所論創社　東京都千代田区神田神保町二―二三　北井ビル　〒一〇一―〇〇五一　電話〇三―三二六四―五二五四　ファックス〇三―三二六四―五二三二◉振替口座〇〇一六〇―一―一五五二六六◉ブック・デザイン宗利淳一◉用紙富士川洋紙店◉印刷・製本中央精版印刷◉© 2006 Yoko Naito, printed in Japan
◉ISBN4-8460-0590-9

ドイツ現代戯曲選 30

*1
火の顔/マリウス・フォン・マイエンブルク/新野守広訳/本体 1600 円

*2
ブレーメンの自由/ライナー・ヴェルナー・ファスビンダー/渋谷哲也訳/本体 1200 円

*3
ねずみ狩り/ペーター・トゥリーニ/寺尾 格訳/本体 1200 円

*4
エレクトロニック・シティ/ファルク・リヒター/内藤洋子訳/本体 1200 円

*5
私、フォイアーバッハ/タンクレート・ドルスト/高橋文子訳/本体 1400 円

*6
女たち。戦争。悦楽の劇/トーマス・ブラッシュ /四ツ谷亮子訳/本体 1200 円

7
ノルウェイ.トゥデイ/イーゴル・バウアージーマ/萩原 健訳

8
私たちは眠らない/カトリン・レグラ/植松なつみ訳

9
汝、気にすることなかれ/エルフリーデ・イェリネク/谷川道子訳

私たちが互いを何も知らなかったとき/ペーター・ハントケ/鈴木仁子訳

ニーチェ三部作/アイナー・シュレーフ /平田栄一朗訳

愛するとき死ぬとき/フリッツ・カーター/浅井晶子訳

ジェフ・クーンズ/ライナルト・ゲッツ/初見 基訳

公園 /ボート・シュトラウス/寺尾 格訳

座長ブルスコン/トーマス・ベルンハルト/池田信雄訳

★印は既刊（本体価格は既刊本のみ）

N e u e B ü h n e 30

餌食としての都市／ルネ・ポレシュ／新野守広訳

文学盲者たち／マティアス・チョッケ／高橋文子訳

衝動／フランツ・クサーファー・クレッツ／三輪玲子訳

バルコニーの情景／ヨーン・フォン・デュッフェル／平田栄一朗訳

指令／ハイナー・ミュラー／谷川道子訳

長靴と靴下／ヘルベルト・アハテルンブッシュ／高橋文子訳

自由の国のイフィゲーニエ／フォルカー・ブラウン／中島裕昭訳

前と後／ローラント・シンメルプフェニヒ／大塚 直訳

終合唱／ボート・シュトラウス／初見 基訳

すばらしきアルトゥール・シュニッツラー氏の劇作による刺激的なる輪舞／
ヴェルナー・シュヴァーブ／寺尾 格訳

ゴルトベルク変奏曲／ジョージ・タボーリ／新野守広訳

タトゥー／デーア・ローエル／三輪玲子訳

英雄広場／トーマス・ベルンハルト／池田信雄訳

レストハウス、あるいは女は皆そうしたもの／エルフリーデ・イェリネク／谷川道子訳

ゴミ、都市そして死／ライナー・ヴェルナー・ファスビンダー／渋谷哲也訳

論創社

Marius von Mayenburg Feuergesicht ¶ Rainer Werner Fassbinder Bremer Freiheit ¶ Peter Turrini Rozznjogd/Rattenjagd ¶ Falk Richter Electronic City ¶ Tankred Dorst Ich, Feuerbach ¶ Thomas Brasch Frauen. Krieg. Lustspiel ¶ Igor Bauersima norway.today ¶ Fritz Kater zeit zu lieben zeit zu sterben ¶ Elfriede Jelinek Macht nichts ¶ Peter Handke Die Stunde, da wir nichts voneinander wußten ¶ Einar Schleef Nietzsche Trilogie ¶ Kathrin Röggla wir schlafen nicht ¶ Rainald Goetz Jeff Koons ¶ Botho Strauß Der Park ¶ Thomas Bernhard Der Theatermacher ¶ René Pollesch Stadt als Beute ¶ Matthias

ドイツ現代戯曲選 ④
Neue Bühne

Zschokke Die Alphabeten ¶ Franz Xaver Kroetz Der Drang ¶ John von Düffel Balkonszenen ¶ Heiner Müller Der Auftrag ¶ Herbert Achternbusch Der Stiefel und sein Socken ¶ Volker Braun Iphigenie in Freiheit ¶ Roland Schimmelpfennig Vorher/Nachher ¶ Botho Strauß Schlußchor ¶ Werner Schwab Der reizende Reigen nach dem Reigen des reizenden Herrn Arthur Schnitzler ¶ George Tabori Die Goldberg-Variationen ¶ Dea Loher Tätowierung ¶ Thomas Bernhard Heldenplatz ¶ Elfriede Jelinek Raststätte oder Sie machens alle ¶ Rainer Werner Fassbinder Der Müll, die Stadt und der Tod